우울 파르페

여연경

경계선 인격장애와 우울증에게 안녕.

당신에게

너에게

나에게

-식전-

우울 파르페를 맛보시기 전에

우울하지만은 않은 책을 만들고 싶었습니다.

다섯 번째 유서를 쓰고 입고하는 와중에 많이 회복하였고, 회복해 가는 모습 그리고 회복한 모습을 보여드리고 싶었습니다.

파르페는 카페에서는 좀 무거운 편이죠. 하지만 식사에 비하면 가볍디가볍습니다. 우울 파르페는 그냥 에세이라기에는 조금 무겁고 우울 에세이라기에는 가볍습니다.

이 책은 여연경의 두 번째 에세이입니다. 글의 길이는 길어야 두 페이지의 짧은 글로 이루어져 있습니다. 다섯 번째 유서에서 보다는 무거운 주제를 다루지 않아서 지하철에서, 버스에서, 카페에서 가볍게 읽으실 수 있다고 생각합니다.

어체에 따라 세 개의 챕터로 나누었습니다. 당신에게,

너에게, 나에게. 기분에 따라 읽고 싶으신 어체로 읽어주시면 되겠습니다.

우울과 평온 그사이의 에세이를 썼습니다. 우울한 사람의 평온한 일상을 담아내려 했습니다. 우울증이 만들어내는 사고의 비약을 그대로 나타내면서 평온함을 느끼는 저를 쓰려고 했습니다.

우울증이 나아가는 과정이 평이하기만 하지는 않습니다. 과정 속 굴곡도 담아낸 책입니다. 또 다양한 시각의 일화를 실었기 때문에 지루하지 않을 것입니다.

당신에게

우울 파르페

우울을 삼키고 싶었습니다. 입안에 머금고 있는 양이 벅차 컵에 가득 담긴 파르페처럼 질질 흐르고 있었습니다. 조금씩 삼키다 보니 달콤한 글들이 남았습니다. 달콤한 것은 좋은 것입니까? 한다면 모두 네라고 대답할 수 있을까요. 글이 즐거운 만큼 흉이진 몸이 남았습니다. 눈을 감습니다. 못난 나를 깨달으면서 우울 파르페를 하나 더 시킵니다. 파르페가 여러 가지 단맛을 내듯이 나의 우울 파르페도 여러 가지 맛을 내길 바랍니다.

파르페 몇 개쯤은 삼켜도 좋으나 자주 먹는다면 몸 관리도 해야겠죠. 저는 우울 파르페를 많이 먹었기 때문에 슬슬 관리를 해보려 합니다. 우울 파르페를 끊는 날이 와도 글을 쓸 수 있도록,

2024년 4월 15일 오전 12시 58분 여연경 올림.

정신병 오픈에 대하여

저는 우울증 진단을 받은 지 5년이 되었습니다. 하지만 아직도 새로운 사람에게 병이 있다는 사실을 알리는 게 두렵곤 합니다.

대학 콤플렉스를 딛고 스무 살 첫 대학이었던 곳으로 돌아갔습니다. 제 책의 이름이 유서인 것을 말해버렸습니다. 고작 대학 때문에 유서를 쓰냐는 말도 돌아왔습니다. 어쩔 수 없는 노릇입니다. 나에게 학벌이 무슨 의미였는지, 어떤 열등감을 자아내는지 첫술에 설명할 수 없겠죠.

사실은 대학에 가게 되니, 놀랄 정도로 건강해졌습니다. 애인과 싸워도 죽고 싶진 않았습니다. 밥을 차려 먹고, 잘 정리했으며 잘 씻었습니다. 평범한 사람 같은 사고방식이 생겼습니다. 나는 정말 괜찮아진 것 같은데, 이런 내가 정신병동에 입원했었다고, 자해 흉터가 가득하다고 말하면… 알게 된다면… 그것이 나에게 해가 되지는 않을까요? 숨기는 것 같다는 찝찝함을 해소하기 위해 너무 많은 해를 가져오는 것은 아닐까요? 하는 생각에 만남마다 고민하게 되는 요즘입니다.

다시 만나요

안녕하세요. 좋은 저녁입니다. 요즘의 저에 대해서 얘기를 시작하겠습니다. 저는 더 이상 자해를 하지 않습니다. 확신할 순 없지만 그렇습니다. 조울증의 삶이란 그런 것이겠죠.

저는 노래를 듣고 맛있는 것을 갈구합니다. 아직 아픈 저와 비슷해 보입니까? 관찰해 보니 즐거운 노래를 듣고 있는 것이 다르긴 합니다. 죽으라는 내용이 가득한 인디 노래에서 케이팝을 듣기도 하고 신이 나는 밴드 노래로 바뀌기도 합니다. 이런 것 하나하나가 모여서 저를 구성한다고 생각합니다.

하지만 먼저 선이 있습니다. 아무래도 우울하니까 죽으라는 내용이 가득한 인디 밴드 노래를 즐겨 들어왔던 것이고, 요즘은 괜찮아졌으니 이렇게 신나는 밴드 노래를 듣는 것입니다.

아무튼 근래에는 계절을 향유하며 제철 음식을 먹는 것이 행복합니다. 하지만 계절성 우울이라는 것이 있습니다. 저는 겨울에 더 우울한 그런 사람인가 봅니다. 물론 입시 철이어서 더욱이 힘들었겠습니다. 이번 겨울은 어떨지 약간의 긴장감과 우울감이 듭니다. 뭔가 다른 일이 벌어졌으면 하는 바람이 담겨있으면서도 그 일이 두렵기도 합니다.

할 일과 정신머리의 상태는 반비례하지 않는다

지금은 할 일이 많은 상태입니다. 이번 년도 여름 전까지 이 책을 마무리해야 하고, 당장 다음 주에 있는 중간고사 시험을 준비해야 하며, 과제도 해야 하고, 발표할 PPT와 대본까지 짜야 합니다. 다행히 할 일이 쌓여있는 정도는 아닌데, 작년까지의 백수 생활에 비하면 할 일이 많기는 합니다.

제목을 이렇게 지은 이유도 그렇습니다. 백수 생활할 때는 할 일이 정말 없었는데 정신머리가 나가 있었습니다. 아주 많이요. 그런데 지금은? 할 일이 많아서 조금 힘이 들지만, 정신이 번쩍 든 느낌입니다. 좋아요. 할 일이 있고 그 할 일을 해내는 내가 좋습니다. 아쉬운 점은 내가 그렇게 정신이 나갔을 때 썼던 재미있는 글들을 못 본다는 점? 하지만 그에 비해 지금의 일상이 매우 좋습니다.

적당한 루틴과 적당한 할 일은 저에게 너무나 약이 되었습니다. 기나긴 장수생 시절을 끝마치고 일을 시작해 보신 분이라면 공감할 것입니다.

이제 저는, 할 일에 치이지 않도록 노력할 때를 주의하며 지낼 것 같습니다. 할 일과 정신머리의 상태가 비례하지 않을 때가 올 것이기 때문입니다.

사랑니도 쪼개서 뽑더라

오늘 아침 사랑니를 뽑고 왔습니다. 다시 떠올리기 싫은 느낌이었습니다. 불쾌한 발치를 끝내고 테이블을 보니 쪼개진 사랑니가 있었습니다.

사랑니도 쪼개서 뽑습니다. 사랑도 쪼개서 뽑으려 해야지 전체를 뽑으려 하니 탈이 납니다. 뽑고 나서도 그렇습니다. 뽑고 난 구멍이 채워지려면 3~4개월이 걸린다고 합니다. 한 번에 되는 사랑이 없는가 봅니다. 구멍을 채우고 새로운 잇몸을 받아들이려면 시간이 걸리는 것처럼 새로운 사람을 받아내기 전 준비가 필요합니다.

저는 사랑을 다 조각내 뽑았다고 생각합니다. 발치하기 전처럼, 사랑을 뽑기 전 마취가 아프기는 했습니다. 그러나 발치하고 나니 마음은 후련합니다. 구멍이 차오르는 중인 것을 느낍니다. 새로운 것을 받아들일 준비를 합니다.

아가

기분 좋은 외출을 했습니다. 본가에서 기르는 강아지를 데리고 집 근처 아웃렛으로 향했습니다. 그동안 떠올랐던 더럽고 차가운 기분을 씻어내고 싶었습니다. 죽게 되지 않으리라고 생각도 했습니다.

쇼핑하는 내내 핸드폰에서는 띠롱띠롱 알림이 울렸습니다. 출판모임 인스타그램의 알림이었습니다. 출판모임이 고마웠습니다. 먼저 일을 하게 해주었고 그러자 밥을 챙겨 먹게 됐고 씻게 해주었습니다. 뜨문뜨문 생각나는 기분 나쁜 일도 출판모임의 친구가 일으켜 세워 주었습니다. 우울한 나는, 적당한 일을 한다는 것이 얼마나 중요한지 알게 되었습니다.

다시 쇼핑 얘기로 돌아가자면, 아웃렛에는 아기들도 많고 개들도 많았습니다. 우리 집에도 작은 개가 한 마리 있습니다. 다들 유모차를 타고 다녔는데 대여를 해주는 모양이었습니다. 우리 가족도 개를 데리고 다니기 위해서 대여를 받아왔습니다. 칭얼대는 아가처럼 우리 개도 걷고 싶어서 안달이 났습니다. 징징대는 개한테 쇼핑 내내 집중했습니다. 중간중간 변을 봐야 해서 내려주기도 하고 유모차에서 뛰어내릴까 노심초사하기도 했습니다. 신경 쓰는 일이 두 가지였습니다. 기분 나빴던 일 하나,

사랑스러운 우리 집 개. 이렇게 두 개. 칭얼대는 개에게 고마웠습니다. 앞으로도 사랑스러운 것들에 신경 쓰는 날이 되도록.

격파

안 좋은 기억, 지나간 인연의 추억을 가진 곳들을 격파하려 합니다. 그 공간을 기피하지 않고 새로운 추억을 덮어쓰기로 하려 합니다.

자꾸만 스멀스멀 올라오는 옛 향기에 머리가 복잡해져 네일 폴리시를 꺼냈습니다. 강한 네일 폴리시 냄새에 머리가 아픈 게 복잡한 것보단 나았습니다.

결론부터 말하자면, 지나간 인연의 추억을 덮어버리지는 못했습니다. 그러나 그곳에서 지나간 인연과의 끝을 맺은 것 같아 조금의 성과를 낸 것 같습니다.

격파하려면 주먹의 아픔도 견뎌야 하는 것입니다. 그리고 이제서야 그만 징징댈 때가 왔다고 생각을 했습니다.

사랑의 기술

사랑에 관해 공부하고 싶어서 에리히 프롬의 사랑의 기술을 구매했습니다. 중고로 구매하게 되었는데 문득 궁금해졌습니다. 이 사람은 그 책을 읽고 더 나은 사랑꾼이 되었을까? 몇 번 읽었기 때문에 이 책을 파는 것일까? 아님 너무 철학적인 내용에 팔아 버리는 것일까? 나는 그 책을 읽고 어떻게 바뀔까? 어쩌면 못다 읽을지도 몰라 이런 생각을 하게 됐습니다.

어쨌든 책은 이미 샀고, 읽고 싶은 마음은 변치 않았습니다. 참, 책을 사게 된 계기는 이렇습니다. 먼저 에리히 프롬이라는 철학자는 수능 공부를 할 때부터 윤리 시간에 배웠기 때문에 알고 있었습니다. 당시 듣던 인터넷 강의 선생님께서 에리히 프롬의 사랑의 기술을 한 번 읽어보길 바란다고 말씀하셨습니다. 그때부터 사랑의 기술이라는 책에 솔깃했는데, 결정적으로는 정신과 의사 선생님께서 다시 한번 이 책을 권하셔서 때문에 책을 구매했습니다.

저는 연인관계가 되면 타인과 저와의 관계가 모호하게 느껴질 때가 있습니다. 사랑하는 사람을 소유하려 하면 안 되는데 말입니다. 에리히 프롬은 사랑이 소유하는 것이 아니라고 했습니다. 그 말을 되새기며 사랑을 하려

합니다. 사랑의 기술을 습득하고 적용하기에는 많은
실패가 있겠지만 노력하면 좋아질 것으로 생각합니다. 다들
자신만의 사랑의 기술을 발전시키길 바랍니다.

안정기? 권태기?

안정기에 든 느낌이 듭니다. 아침에 일어나면 절망적이었을 때가 많았는데 아침이 두렵지 않습니다. 동시에 권태감을 느낍니다. 오르락내리락하던 기분이 사라졌으나 허합니다.

저는 하루하루 열심히 하루를 보냅니다. 그리고 하루의 끝이 오면 더러운 기분을 느끼곤 합니다. 어디서부터 오는 더러움인지 알 수가 없어서 갑갑합니다. 그러나 눈물은 그친 지 오래입니다.

내일모레는 편입 학원 상담을 갑니다. 이른 편인 것 같습니다. 1학년 1학기도 끝나지 않았으니. 저는 분명 앞으로 나아가고 있는데, 무언가 놓친 느낌입니다. 오늘은 교수님께 칭찬도 받고 동기들에게도 발표를 잘했다는 이야기를 들었는데 말입니다. 결국 문제는 제 마음인 것입니까? 또? 다시?

하루 한 글

제 나름대로 하루에 한 개씩 글을 쓰자고 약속했습니다. 지키기가 쉽지 않으리라 생각하시겠지만, 생각보단 할 만합니다. 어떤 글을 적을 건지 생각만 하면 글이 써지긴 하기 때문입니다. 그 글을 살릴 수 있느냐는 또 다른 문제이긴 합니다만.

어쨌든 저는 하루 한 글을 쓸 수 있는 상태가 된 것입니다. 신기합니다. 일상이 제대로 돌아가는 것이 가짜 같고 그렇습니다. 고등학생 시절은 학교가 좋지 않았기에 학교가 이렇게 큰 역할을 하는지 몰랐습니다. 고등학교와 대학교는 많이 다르기는 하다는 것을 반영해도 말입니다.

하루에 글을 한두 개씩 쓰다 보니 긴 글을 쓰고 싶다는 욕심도 듭니다. 그러나 아직은 긴 글을 쓸 만한 요소가 없기도 하고, 『다섯 번째 유서』에서 언급했듯이 저는 결핍이 있을 때야 긴 글이 잘 써지는데, 결핍을 느끼고 싶지 않기도 해서 긴 글을 쓰기 힘듭니다.

다른 작가님들은 어떤지 알고 싶습니다. 아는 작가님들이 없어서 쓸쓸합니다. 북페어에 관한 정보도 적고 홍보도 어떻게 해야 할지 잘 모릅니다. 그래서 친구와 제가 운영하는 출판모임이 어떻게 해야 잘 돌아가게 될지 모르겠습니다.

아, 쓰다 보니 다시 결핍에 관해 쓰게 되었습니다. 책의 모든 내용이 결핍된 것에서부터 시작된 것만 같습니다. 결핍이 모여서 좋은 결실을 낸 것인지, 자잘한 흠집들이 된 것인지 모르겠습니다. 모르는 것 천지입니다. 제가 바보라고는 생각하지 않는데… 왜 이리 바보 같은 짓을 반복하는지.

요즘에는 글을 짧게 치고 빠지는 경우가 많은 것 같아서 좀 더 이리저리 생각해 보고 글을 썼는데 어째 더 두서없어졌습니다. 그래도 나름 긴 글을 쓴 것이 마음에 들기는 합니다. 글을 쓰기 전에는 오늘은 어떤 글을 쓰나 걱정하느라 힘이 빠졌는데 글을 다 쓰고 나서는 결핍을 느껴서 진이 빠집니다.

매일이 아쉽고 죽음은 두려워

요즘은요, 대체로 죽고 싶지 않아서 노인이 되는 것이 두려워졌습니다. 아. 대체로를 쓴 이유는 매일 죽고 싶지 않은 것은 아니라서 그렇습니다. 어쨌든 죽는 것이 두려워졌습니다. 죽어서 친한 친구들을 못 보는 것도 무섭고 가족들도 못 보는 것도 이상하고 그렇습니다. 이게 비정신병인의 사고방식인가? 싶기도 합니다만 죽음이 다가오지도 않았는데 두려워할 수는 없는 노릇입니다. 죽음이 두려운 건지 죽음으로 향하는 삶의 방향이, 그 과정이 두려운 건지.

매주 비슷한 루틴을 보냅니다. 1교시 수업 때는 항상 힘들게 일어나고, 지루한 틀 수업, 교양 수업을 듣고… 그런데도 매일이 아쉽습니다. 더 좋은 학교에 다니고 싶으면서도 학교가 달콤해서 견디게 됩니다. 견디면 안 되는데, 박차고 일어나 이제 시작한 수능 공부에 박차를 가해야 하는데! 이러저러한 생각들에 매일이 아쉽습니다. 그리고 글을 쓸 때마다 아쉬움이 남습니다. 좀 더 잘 쓸걸, 조금 더 심금을 울리는 말은 없었나 하고 말입니다. 100페이지가 모두 아쉽지는 않지만 모두 심금을 울릴 수는 없었나 하고 생각이 듭니다. 하루하루도 심금을 울릴 수만 있다면 얼마나 좋을까요.

비

마음 한쪽을 베어낸 듯 허합니다. 탁한 하늘은 내리는 비에 올려다볼 수도 없습니다. 고전시가, 현대 시를 읽어도 와닿지 않는데 에세이를 쓰고 있는 것이 묘합니다. 긴 글은 나오지도 않고 읽지도 못합니다. 많은 정보는 우울증 때문인지 바보가 된 것인지 읽을 수가 없습니다. 단편 소설, 에세이만 읽는 편향된 독서가 일으킨 업보인가 싶기도 합니다.

지금 내가 무슨 감정인지 아는 것도 중요하다마는 내 감정을 알다가도 모를 때 대처 방법도 필요한 것 같습니다. 저는 지금 어찌할 바를 모르겠습니다. 비가 오지만 쉬는 날이라 기분은 좋은데, 모의고사는 잘 치지 못했고 할 일도 너무 많고 모든 것에 권태감이 오고 있습니다. 약은 잘 챙겨 먹고 있지만 세세한 감정은 막을 수 없는지라 이럴 때마다 병원이고 뭐고 다 때려치우고 싶다! 라는 생각이 듭니다. 약을 먹지 않으면 나락까지 갈 것만 같은 내 기분과 병원 없이 하루하루를 지켜나가야 한다는 것이 저를 막아주고 있습니다.

『우울 파르페』를 세상에 내보내고 싶은데, 어떻게 해야 나의 지인이 아닌 분들에게 선보일 수 있는지 모르겠고 두렵습니다. 텀블벅에 우울 파르페를 올려두었지만, 마음이

두렵고 조마조마합니다. 빗소리가 흐르고 제 안에 빗물이
고여있음에도 타들어 갑니다. 비가 이렇게 내리는데도
타들어 갑니다….

그러한 경향

최근에 쓴 원고는 과거에 묶여 있는 경우가 많았습니다.
수능을 다시 보기로 결심한 후, 저도 모르게 과거에 묶였나
봅니다. 다시 앞으로 뛰어나가려 합니다. 앞으로, 앞으로.
그런데 제가 우울증인 이유가 과거에 묶인 것인지,
현재의 문제에 묶인 것인지 분간이 가지 않습니다. 제
안의 문제인 것인지 제 밖의 문제인 것인지 헷갈립니다.
제 생각에는 제 밖의, 그러니까 상황의 문제 같습니다.
사실, 문제는 상황을 받아들이지 못하는 나라면 정말이지
비참할 것 같습니다. 까이는 것이 무서워서 회피하고
싶은데 회피는 까임을 만듭니다. 저는 지금 어떡하면
좋을지 모르겠습니다. 어떡하죠. 어떡해….

와닿는 미니어처

어릴 때부터 미니어처라면 사족을 못 썼습니다. 그런데 몇 개월 전부터 아기자기한 것들에 관심을 떼기 시작했습니다. 이유는 많지만 일단 저는 책을 낼 돈도 부족하기 때문에 의식적으로 돈을 아낀 것. 다음으로는 그것들이 포화 상태가 되어 놓을 곳도 없다는 것. 마지막으로, 나이를 먹었다는 것…. 내 돈이 아닌 용돈으로는 장난감을 사는 것보다 실용적인 것을 사는 게 좋다는 것을 이제서야 깨달은 것입니다. 조금 더 철없고 싶은 마음도 있지만 이미 들어버린 생각과 마음은 바뀌질 않습니다.

이미 머릿속에 박힌 생각과, 이미 가슴속에 박혀버린 마음을 바꾸기란 쉽지 않습니다. 쉽게 꺼지지 않는 백린 성냥처럼, 생각과 마음을 밟아 끄려 해도 쉽사리 꺼지지 않습니다. 아무리 어릴 때부터 영양제를 챙겨 먹으라 해도 직접 느끼기 전까지, 와닿기 전까지는 꼬박꼬박 챙겨 먹지 않는 영양제처럼, 우리는 와닿지 않으면 행하지 않습니다. 인간이 바보 같아 보이기도 하는 면입니다. 꽂힌 것만 한다는 것이 저만의 이야기라고 생각할 수 있겠지만, 넓게 생각해 보면 카페에서 매일 마시는 것만 시키는 것도, 매일 다른 걸 시도한다는 것도 꽂힌 행동을 반복하는 것이라고 볼 수 있습니다. 아, 와닿는 행동을 한다는 것은 '좋아하는 행동'과는 다릅니다. 좋아하는 행동을 하려다가도 와닿는 행동을 해야지 하는 경우가 있습니다. 예를 들어, 야식을 먹으려고 하는데 내일을 생각해서 먹지 않는 것은 내일을 생각했을 때가 더욱 와닿아서 와닿은 결정을 내리는 것입니다.

돌이켜 생각해 보시면 어떻습니까? 정말 와닿는 행동만 하는 게 인간 같지 않습니까? 이것이 나쁘다고 말하는 것은 아닙니다. 그저 와닿는 행동을 반복함을 알고서 어떤 행동을 더 와닿게 할 것인지 시도하고 또 시도해 볼 수 있는 기회를 얻은 것입니다. 저도 와닿는다고 안 좋은 생각들을 하는데, 이것을 차단하기 위해 다른 것이 와닿도록 노력할 것입니다.

의존성

어제는 본가에서 약을 가져오는 것을 잊어버렸습니다. 그래서 자취방에서 정신과 약을 먹지 못했습니다. 자기 전에 먹는 약에는 수면제가 있는데, 추가 약으로 먹는 수면제보다는 약한 성분입니다. 그런데 제가 그 약에 의존하고 있던 것인지, 원래 있던 불면이 아직 낫지 않은 것인지 잠이 오지 않았습니다. 새벽 두 시까지 잠이 안 와 결국엔 자취방에 있던 추가 약을 먹었습니다.

그렇게 아침이 왔고 저는 또 학교에 갔습니다. 금요일은 제일 설레는 수업이 있는 날인데, 더 이상 즐겁지 않았습니다. 며칠 전부터 저는 대학에 의존하여 버텨온 삶이 무너져왔습니다. 새로운 대학, 더 좋은 대학만이 저를 만족시켜 줄 수 있음을 깨닫고 나서는 땅을 보고 걷게 되었습니다. 땅을 보는 이유는 과거의 수치심이 잊히지 않고 몰려와 앞을 볼 수 없기 때문입니다. 저는 너무 괴롭습니다. 너무나 아프고 슬픕니다. 내일은 토요일…. 아는 정신과는 다 문을 닫고 당일 접수를 받지 않습니다. 너무 두렵습니다.

이미 떠 버린 마음인 것

살고 싶지 않습니다. 그러나 이런 마음을 떠벌리는 이유는 삶에 대한 고찰이 아니었습니다. 단지 삶의 모든 부분이 살고 싶지 않았기 때문입니다. 무엇을 봐도, 무엇을 해도 살고 싶지 않은데 더 이상 살고 싶지 않다는 말밖에는 할 수가 없는 것입니다.

살고 싶지 않으나 수업은 들어야 했습니다. 약속도 지켜야 했습니다. 배가 고프면 밥도 먹어야 했습니다. 그러나 파리를 쫓아내며 꾸역꾸역 먹는 밥은 맛있어도 맛있게 느껴지지 않는 노릇이었습니다. 길거리 사람들을 봅니다. 혼자인 사람들은 모두 따분해 보였습니다. 그러면서도 잘 살아있었습니다. 저는 주저앉아 땅속을 헤집고 기어들어 가고 싶었는데, 다들 잘 걸어 다니고 있었습니다. 잠만 내내 자고 싶습니다. 그러면서도 그러지 못하고 있습니다.

오늘은 충분히 잤으면서도 일어나지 못해 끙끙댔습니다. 차라리 강의 시간에 늦고 싶었습니다. 그러나 시간을 잘 지켜서 등교했습니다. 그 사실이 미웠습니다. 다 포기하고 싶은데 모든 것이 멀쩡하고 저만 문제가 됩니다. 너무나도 죽고 싶어집니다. 살고 싶지 않음과 죽고 싶음은 다른데, 이제 조금 깨달았습니다. 저는 죽고 싶습니다.

작은 점

며칠을 내리 죽고 싶다 난리였습니다. 그리고 병원에 예약일보다 일찍 가서 약을 한 알 추가 처방받았습니다. 저는 그 약을 먹자마자 괜찮아지기 시작했습니다. 내일이면 달라질 수도 있지만, 플라시보 효과일 수 있지만, 저는 괜찮아졌습니다.

어제까지는 청바지가 바다처럼 보인 것도 슬펐습니다. 바다가 반갑지도 않고 헛것을 본 것이 달갑지도 않았습니다. 어제까지는 깎아져 없어지고 있었는데. 오늘에서야 깎인 내가 조각을 하고 있었다고 생각했습니다. 어제까지는 너무나 죽고 싶었습니다. 그러나 죽지 못할 것이면 할 일이라도 해야 한다고 다짐했습니다. 악착같이 학교, 학원에 가고 과제를 했습니다. 그리고 오늘에서야 잘했다고 생각합니다. 이번 주의 나 덕에 학교생활을 이어갈 수 있음에 감사합니다.

제가 오늘 이렇게 회복하게 된 것이 작은 알약 하나 때문인지, 진료 때문인지는 모르겠습니다. 그냥 사는 것이 괜찮아졌고 저는 따라갈 뿐입니다. 제가 삶의 의지를 좌지우지했던 적이 있기나 한 지는 모르겠고, 그냥 지금은 삶에 의지가 있음에 감사하고 따라갑니다. 언젠가는 앞서갈 수 있기를 바라면서.

매일 지는 기분은

정신병에 매일 집니다. 어저께는 16시간을 잤고요. 오늘은 긴장감에 약을 먹었다가 강의 시간 내내 잠을 잤더랍니다. 저는요, 매일 집니다. 이기는 날은 없습니다. 그저 병이 저를 봐주는 날만이 존재합니다. 지금도 집중이 안 되어서 국어 문제를 풀지 못하고 있습니다.

병을 이겼다는 것은, 병이 한 발 물러가 준 것을 이겼다고 착각한 것입니다. 그렇습니다. 저는 지금 행복하지 않습니다. 일상에서의 웃음은 이제 습관적인 것일 뿐, 요즘 정말 행복해서 웃은 적은… 점점 말에 줄임표가 늘어납니다. 문장을 마무리하기가 힘이 드는가 봅니다. 권태감을 느낀다고 수십번을 말해도, 말에 권태감을 쓰레기처럼 담아 버릴 수도 없나 봅니다. 말하면 말할수록 권태감은 구체화되어서 저에게 다가옵니다.

모든 것을 멈추고 싶으나 수능은 다가오며, 더 이상 성실히 학교에 나가지 않으면 학점은 F고, 글은 쓰지 않을수록 머리가 굳어 문장이 나오지 않게 될 것입니다. 이런 불쾌한 상태이면서도 항우울제 덕에? 때문에? 기분은 나쁘진 않은 이 상황이 이상합니다. 할 일은 많으면서 하지 않고 심심해하는 제가 한심합니다. 그래도 예전보다 나은 점은 제가 이렇게 구는 이유가 병 때문이라는 것을 인지

했다는 점입니다.

제 입으로 긴 글은 결핍이라고 했었습니다. 그러나 결핍과 권태의 합은 이만큼의 글로는 표현할 수가 없나 봅니다. 전에는 글을 쓰면 해소되는 느낌이라도 들었는데, 오늘은 꽉 막힌 마음입니다. 계속해서 써 내려갑니다. 그리고 아무런 의미를 담지 않은 글이라고 생각합니다. 모든 문단의 글이 징징거리는 것뿐입니다.

왜 제가 매일 우울한 것만 하냐고 하면 저는 할 말이 없습니다. 일상이 우울이고, 그 우울을 묻히고 다닐 수밖에 없는데 말입니다. 그런 제게 우울한 것만 하냐는 말은 무슨 말인지, 그 누구보다 그러고 싶지 않은 것은 누구일지 되묻고 싶어집니다. 되묻고, 되물어서 해결이라도 됐으면 좋겠습니다.

새로운 메모

멍합니다. 조증이 끝난 것을 온몸으로 느끼고 있습니다. 내가 실패 할 것 같다는 생각이 듭니다. 점차 낮아지는 노래는, 저의 몰락을 나타내는 것 같습니다. 조증에 몸부림치며 다 해낼 수 없는 일을 벌였다가, 지금에서야 수습해 일을 줄여나갑니다. 좀 더, 좀 더, 줄여서 아예 내가 없어질 수 있다면… 그렇다면 얼마나 좋을까요.

새로운 메모는 새롭지 않은 내용의 메모를 보여주고 있습니다. 하루하루가 같고 하루하루가 지루합니다. 그러면시도 약을 먹으면 무에서 약간의 벅참을 느낍니나. 벅참을 느끼는 것은 할 일을 하기 때문인 것 같습니다. 그 이상도 그 이하도 아닌 것 같습니다.

사랑받고 싶습니다. 사랑이 너무 고파서 이상한 짓을 하는 것 같습니다. 이상한 짓을 합니다. 이곳저곳 집착합니다. 오빠 나 지금 뛰어내리고 싶어…라고 했던 것이 꿈의 내용 같습니다. 서울의 유리창은 찬란하게 빛났고, 빛이 있으면 어둠이 있듯이 저는 어둠을 담당했습니다. 제가 어두울수록 서울은 빛나서 아팠습니다.

내일은 병원에 가는 날. 입원을 할지도 모르겠다고 생각했습니다. 머릿속에 있는 남자들은 저를 더 이상

원하지 않습니다. 아니, 어쩌면 더 이상이라는 말은
사족일지도 모릅니다. 매번 후회할 연락을 돌리고, 후회는
귀찮아서 넘겨버리고, 또 같은 실수를 합니다. 더 이상
저를 제어할 수 없기에 입원을 선택할까 합니다. 힘겹게
도망치려고 합니다.

자극, 자극, 자극

자극을 찾아서 떠납니다. 술, 한강, 남자. 자극이 없으면 존재하지 않는 것 같습니다. 자극은 또 다른 자해. 더 이상 머릿속에서 디자인은 떠오르지 않습니다. 디자인과 멀어지고 글과 친해진 건 시각디자인과인 저에겐 좋은 소식은 아닙니다. 수능과도 멀어져 갑니다. 자극과 친해져 갑니다. 과제는 하기 싫을 뿐이고, 열심히 살기 싫을 뿐입니다.

글이 더 이상 떠오르지 않을 때까지… 자극, 또 자극, 자극… 더 파고들어서 내가 상해버릴 때까지. 그러고는 후회, 후회합니다. 그리고 반성은 하지 않습니다. 또다시 반복하기 때문에, 하지 않습니다. 제발 저 좀 놓아주세요. 저를 책임지지 말아 달라고 말하고 싶습니다. 주어 없이 말하고 싶습니다.

다 끝내거나, 자극을 더 추구하거나. 하고 싶은데, 자극을 더 추구하다 보면, 살 수가 없을 것 같기도 합니다. 제 잘못이 무엇일까 궁금합니다. 알면 뭐라도 바뀔까 궁금합니다.

요즘은 땅을 보며 걷습니다. 땅을 보며 걸으면 주변에 조금이라도 덜 집중하게 됩니다. 그러면서 속으로 파고드는 것입니다. 속으로… 속으로… 파고들어서 썩어들어갑니다.

자극에 너무 노출되어서 옅은 자극은 차단해 버립니다. 고자극만을 받아들이려고 합니다. 고자극에 익숙해진 저는 결국에는 무너지고, 넘어지겠습니다.

너에게

인간은 외로워서

인간은 외로워서 주변 사람을 떠나게 만들고 본격적으로 외로워지기 시작해. 외로움이 타인을 끌어당기고 놔 주질 않아서 질려서 떨어져 나가는 거지. 앞으로 더 보고 싶으면 외로운 티를 내지 말라는 말이야. 외로움을 극복하라고. 하지만 나는 외로움을 더 느끼는 사람인 걸 어떡해?

돈을 쓴다. 도파민을 얻는다. 그리고 얼마 가지 않는 충족감에 해롱거린다. 그럼 외로움을 조금 잊는다. 노트북을 샀다. 380만 원쯤이었는데 그 덕에 며칠이 지난 아직도 해롱거리는 중이다.

돈이 없으면 어떡하나? 혼자서 하염없이 외로워하고 잠만 자는 거지.

그날들의 기억

19살 수능 확정 등급 컷이 나왔을 때, 그들에게 헤어짐을 통보하고 통보받았을 때, 약을 너무 많이 먹어 취했을 때. 너무 아파서 기억에 남으면서 왜곡 되어있어. 이런 날들이 언급한 것 제외하고도 너무 많아서 기억이 버거워. 좋은 기억은 휘발되고 이런 기억은 왜곡되어 굳었어. 왜곡된 것은 알지만 어느 부분이 얼마만큼 왜곡되었는지 알 수가 없어서 그대로 두고 있어.

글을 좋아하지만, 국어 과목은 너무 벅차. 어쩌다 이런 관계가 된 것일까. 나 자신도 어쩌다 이런 관계가 된 걸까. 우린 아끼고 아끼던 사이였는데 내가 너를 이리도 아프게 하고 학대했을까. 내가 나를 지켜주지 못했기 때문에 그들을 떠나보내게 된 것일까. 그들이 떠나는 것이 뭐가 그리 슬프다고 몇 달이 지나고, 몇 년이 지난 지금도 이렇게 가슴 아파하는 나일까. 다시 한번 그날들의 기억이 나를 휘감아.

사무치게 외로워 올 때

가끔 왜 이렇게 사무치게 외로운 건지 모르겠어. 어차피 고칠 띄어쓰기를 신경 쓰는 것도 벅차고 쉰 목소리, 아파오는 일자 목. 이것들이 날 더 힘들게 해. 정신이 다 나은 건가 싶을 때쯤 몸이 아려오고, 몸을 정신으로 일으키려고 하니 사무치게 외로워져. 본가에 내려가야겠다는 소리 해봤자 내일 할 일정이 사라지지는 않아. 지금 좁은 방 속 설거짓거리가 사라지지 않는 것처럼 말이야.

눈물이 나지 않아서 눈물이 날 것 같지만 눈물은 나지 않아. 결국 나오지 않는다. 나의 글에서는 나의 이야기만 쓰는 편인데, 오늘은 우리의 이야기를 해보자. 우리는 무엇을 위해서 글을 쓰는가? 배설의 욕구와 비슷하다고 생각해 본 적이 있는가? 우리네 블로그를 들여다보면 무언가 배출해 내는 글들이 많아. 우울의 글은 무엇을 위해 쓰는 것인지 당신의 답을 적어주었으면 해.

중지랑 엄지랑 튕겨서 딱딱 소리 내는 거 있잖아. 응. 핑거 스냅. 언젠가 내가 그걸 잘하는 사람이 이상형이라고 하고 다녔거든. 그런데 결국 만나는 사람은 그걸 잘하는지 못하는지 알지도 못하더라고, 그냥 그때 좋았던 그 애가 손가락을 잘 튕겨서 그런 것뿐이었나 봐.

사랑받고 사는 삶은 어떨까? 가족은 포함하지 말자구. 애인이 끊이지 않는 사람도 외로울 것 아니야. 그런데 애인이 항상 있는 사람이 더 외로울 수도 있겠다. 외로우니까 계속 사람을 만나는 것일 수도 있잖아. 외로움을 충족한다는 것은 어려운 것 같아. 사람을 많이 만나도 문제야, 아예 안 만나면 더 문제야.

경계선 인격장애를 가졌지만 그리 심하지는 않은 건 알고 있었어. 그런데도 요즘은 거의 정상 수준인 것 같다고 생각한다니깐. 핑거 스냅을 잘하던 그 애한테처럼 집착하지 않는 것 같아. 많이 극복했나 봐. 아무래도 대학 하나에만 매달려있던 시절에서 벗어나서 그런 것일지도? 무언가 하나에 몰두해 있으면 사람이 이상해진다잖아. 아무튼, 그냥 요즘 그렇다고.

뾰족한 팔꿈치

나는 뾰족한 팔꿈치를 가지고 있지. 볼 때마다 마음에 드는 부위여서 거울을 볼 때 괜히 팔을 위로 들어 굽혀보곤 해. 우울증이 심했을 때는 이런 것이 눈에 들어오질 않았는데 말야.

오늘 숏폼에서 어떤 의사가 그러더라, 그냥 거울을 봤는데 자기 얼굴이 괜히 못나 보이는 게 우울증의 한 증상이라고. 내가 중학생 때 너무 서럽게 울던 날이 생각나. 몰래 화장실에서 울고 있었는데 거울에 비친 내 우는 모습이 꼴 보기가 싫어서 거울에 물을 계속 뿌리면서 울었거든. 우울증 진단은 고등학교 2학년 때 받았지만 난 아주 옛날부터 우울했던 것 같아.

지금은 거울 보기를 좋아하는 편이야. 글을 쓸 때나 과제 할 때 옆에 거울이 항상 있고, 항상 내 표정을 관찰해. 사소한 것부터 나아지는 것이 보이니까 병원에 꾸준히 간 것이 잘한 일이다 싶어. 그리고 계속 잘하려고 해.

컨디션 관리도 실력이래

자기 몸 케어하는 것도 실력이라더라? 그럼, 몸이 만신창이가 되더라도 할 일을 다 하는 것도 실력 아냐? 내가 아무리 몸이 아파도 할 일은 꼭 다 하고 만다. 아파서 밥도 제대로 못 먹었지만, 나는 글을 쓸 것이고 조별 과제도 내가 맡은 역할을 꼼꼼히 수행할 거야.

멀쩡한 몸으로 할 일을 해내는 것 보다 진정성 있어 보이지 않니? 이게 내가 살아남을 방법이라고 생각해. 잔병치레가 많고 우울함이 남들보다 많아 언제 일을 놓아버릴지 모르는 만큼, 아프다고 쉬지 말고 일할 거야. 그리고 그게 나를 위한 일이야. 나는 충분히 쉬었고, 내가 하지 못한 일들을 해결해 줄 조력자 같은 건 없어. 오직 나만이 나를 구원할 수 있다는 말이야.

주저앉은 걸 느낀 직후라도 이런 생각을 한다면

아무도 없는 마라톤을 달리고 있는 기분이야. 아무도 경쟁해 주지 않고 나 혼자 결승선을 정해 둔 마라톤. 너무 지쳐. 힘들어. 벌을 받는 것만 같아. 많이 아파서 생각도 아파졌어.

그치만 말이야. 내가 정한 결승선이라도, 아무도 없더라도 언젠간 완주는 하겠지? 완주가 죽음은 아니길 바라. 내가 이 마라톤을 탈주해도 아무도 모를 텐데 계속 달리는 이유가 있기는 해. 사실은… 아직도 대학에 관한 미련을 못 버려서 좋은 대학에 다시 입학하는 것이 나의 완주였으면 좋겠어.

그러니까 나 계속 달릴게. 너무 고되지만, 그래도 달릴래. 러너스 하이라고 알아? 일정 시간 이상 달리면 막 날 것같이 기분이 좋아진대. 기분이 마약을 한 것 같다는 말도 있더라고. 이 말을 왜 했냐면, 그런 거지. 나도 러너스 하이를 한 번 느껴보겠다고. 그때까지 이렇게 주저앉더라도 이런 생각을 한다면 좋겠어.

그런 마음

중학교 3학년이 끝날 무렵부터 ADOY라는 밴드를 무지막지하게 좋아했었어. 코로나19가 터지기 전까지 쫓아다녔지. 지금은 조금 잊고 살고 있었는데, 집에 있는 에세이들을 참고용으로 찾아보다가 발견했어. 2018년에 ADOY 보컬 분, 오주환 작가님이 내셨던 에세이, 『잘 살고 싶은 마음』을 말이야.

그때의 기억이 새록새록 나기도 하고 지금 읽으면 조금 더 잘 읽힐까 싶어서 책을 펼쳤어. 20 하고도 몇 페이지를 읽었는데 그의 씁쓸함이 너무 잘 읽혀서 덮어두고 글을 쓰는 중이야. 18살의 나는 글의 표면적 의미만을 보았던 것 같은데 지금은 조금 많이 씁쓸해. 책 내용의 씁쓸함뿐만 아니라 지금 그들을 쫓아다니지 않는다는 것에 대한 씁쓸함.

오늘은 아침에 일어나자마자 사랑니를 발치한 곳의 통증 때문인지 전날 했던 결심 때문인지 씁쓸했는데, 이제 완전히 씁쓸해졌어. 그런데도 계속해서 씁쓸한 내용의 에세이들을 읽고 싶고 알고 싶어져… 이상한 마음이야.

태생이 생산직

나는 생산을 해야만 직성이 풀리나 봐. 나를 표현해야만 하나 봐. 진료를 받을 때마다 의사 선생님께서 말씀하시지만, 오늘에서야 온몸으로 느껴. 막 글을 쓰고 싶고, 책에 싣고 싶고 그래. 하루 종일 거북목이 되어서는 계속 『우울 파르페』를 수정했어. 수정하고 또 수정하고 글을 쓰기도 하고, 또 수정하고….

태생이 예술적인가? 생각해 보면 그렇지는 않은 것 같은데. 어렸을 때는 나보다도 작은 언니가 그림을 잘 그렸고 나는 나쁘지 않게 그리는 정도? 배우면 잘 하긴 했지. 굳이 따지자면 습득력이 좋은 편이지 예술적이진 않은 것 같아.

그러면 나는 왜 예술가가 되었는가? 무언가를 발산하는 것은 예술이 편하고 재미있기 때문에? 우연으로 미술을 좋아하게 된 이후로 예술이라는 틀에 나를 가둬 놓았기 때문에? 아니면 문학과 미술이 조용히 나를 발산하기 좋은 콘텐츠이기 때문일 수도 있지. 남 앞에서 발표하는 것을 좋아하는 성격은 아니라.

아이고 목이야. 하루 종일 모니터를 보다가 글까지 쓰려니 힘들다. 오늘 생산은 여기서 끝내도록 해야겠어. 그럼, 안녕.

우울 아메리카노

요즘에서야, 우울이 좀 심플해졌어. 학벌이 콤플렉스인데 공부를 못해서 우울해. 끝. 다른 우울한 일은 별로 없어. 그래서 제목도 우울 아메리카노. 심플하잖아. 가격은 1,500원이야. 멀리 갈 필요도 없지. 그냥 가까운 저가 프랜차이즈 카페에서 살 수 있는, 그런 은은하게 곁에 있는 우울 아메리카노야.

오늘은 국어 모의고사를 풀고 있어. 풀고 있다는 말은 끊어가며 푼다는 거겠지. 공부를 다시 시작하겠다고 마음먹고 처음 문제를 푸는 거라 그런지, 글을 도무지 읽을 수가 없더라. 채점하기 두려워 조금의 회피를 첨가했어. 아메리카노에 시럽 조금 탄 거지.

우울이 아메리카노든 파르페든 간에 우울은 우울인 건 알아야 해. 간단한 이유로 우울해도 위험할 수 있다고. 그러니까 심플, 복잡 따질 것 없이 하던 대로 약 잘 챙겨 먹고 해야 해. 나 자신뿐만 아니라 남들한테도 해당하는 말이야. 아, 그리고 우울의 양이 적어도, 알지?

끝에 끝을 물고

외로움의 끝은 뭘까? 인간은 왜 계속 외로워하는 걸까? 이렇게 계속 외로워해서 뭐가 될 것인가? 너무 답답해서 이런 걸 검색하는 스타일이 아닌데 '인간이 외로운 이유'를 검색해 봤어. 인간이 사회적 동물이라서 외로운 거란다. 인간은 왜 사회적 동물로 태어나서 외로움에 고통을 받는 것인가? 인간의 지능이 높은 탓인가? 지능이 높아서 이렇게 고통스럽다면 지능이 높은 것이 과연 좋은 것인가? 꼬리에 꼬리를 무는 생각은 철학과를 가야 해결이 되는 건지. 외로움의 끝을 알더라도 해결할 수는 없으니 많은 고학력자가 있어도 많은 외로운 사람들이 존재하는 것이겠지.

잠깐의 고찰 동안은 외로움을 잊을 수 있었으나 해결할 수 없을 문제란 것을 깨달은 순간. 돌아왔다. 다시 외로움의 늪으로. 외로움을 채우려고 할수록 돌아와. 돌아가. 외로움의 늪으로.

19살의 나에게

재수로 끝내지 못해서 미안해. 대학에 가서도 다른 대학을 꿈꾸고 있는 건 안 미안해. 지독한 학벌주의라고 생각하지는 않을 거 아냐. 너도 나랑 똑같아. 좋은 대학에 환장하는 거. 내가 3수 하면서 더 버티지 못해서 미안해.

그냥 어느 날 미칠 것 같았어. 이건 변명이지만 너는 나니까 변명을 들어줄 수 있는 유일한 상대라고 생각해서 계속 말할게. 현역으로는 정신력만 갈아먹고 끝났고 재수는 몸 갈아 넣어서 그 학교 예비 2번까지 갔는데 안 됐잖아. 그리고 그거에 정신 못 차리고 결국엔 하나도 된 곳이 없었잖아. 나는 그게 죽을 것 같았는데, 그날. 선생님께서 더 높은 학교 준비하자고 하시는데 기쁨보다도 두려움이 더 컸어. 그래. 그날부터였어. 그날부터 아주 힘들었어.

그래서 지금 이 꼴이 되었지만, 수습할 기회를 줘. 나는 어차피 학벌주의 못 버려. 나도 못 버리는데 네가 어떻게 버리겠어? 19살의 나보다 지금의 내가 더 성적이 안 나오더라도 난 너보다 자신 있어. 아팠던 실패의 결과이지만 그래도 그만큼 치고 들어갔던 나라는 자각을 하고 있거든. 그러니까 울지 말고 나를 믿어줘. 내가 수습하고 있으니까.

쉬는 날의 숨

다 똑같은 날 같은데 어떻게 매일 다른 글을 쓰나.
모의고사는 지금이 되어도 풀기 두렵고 조별 과제는 언제 해도 힘들고 벅차. 나는 지금 어떤 신분인지 모르겠어. 학교를 열심히 다니긴 하는데 인서울 4년제에 미쳐서는 방금도 생활과 윤리 모의고사를 풀고 왔어. 다시 입시생으로 돌아온 건가….

오늘따라 가슴이 너무 답답해. 떠나간 그들이 보고 싶은 건 아니고 떠나간 그때가 그리운 거야. 너무나도 쓸쓸해. 그나마 가족들이 있는 집에 있어서 다행이지, 자취방에 있었으면 끔찍했을 것 같아.

인터넷에 있는 허무맹랑한 유머를 봐. 이제 재미있지도 않아서 이내 내려놔. 내가 얼마나 못하고, 잘하는지를 아는 것. 메타인지가 떨어지는 건지 그런 것들은 잘 모르겠어. 텀블벅에 올려둔 내 프로젝트가 잘 될지 안 될지도. 아니다. 이건 안 될 것 같다고 어렴풋이 알고 있지만 부정하고 있는 거야.

이렇게 글을 쓰면 그나마 내 마음이 좀 트여. 그동안 나는 그림이 나의 발산 포인트라고 생각하고 그림을 그렸지만 만족하지 못했어. 이제야 내 마음을 발산할 수 있게 된 거야. 유일하게 숨이 턱 막히지 않는 할 일이야.

1년을 길게 쓰고 싶은데 다들 자꾸 빨리 지나가 버려. 나는 할 일도 많고 쉴 일도 많고 놀 일도 많은데 그런 것은 필요 없다는 듯이 1년이 훅하고 치고 가. 1.5년이 1년이었으면 얼마나 좋아. 그럴 수 없다는 걸 알지만.

온실 속 화초

우울 파르페를 내고, 글 쓰는 것을 쉴까 하고 생각하고 있었어. 그런데 오늘 ISBN(바코드)을 발급했더니 가슴이 뛰더라고. 이 책을 입고하고 북페어에 나가서 사람들에게 읽게 할 생각에 마치 벼룩처럼 기분이 뛰어올라. 더 많은 책을 내고 더 많은 독자를 갖고 싶어졌어. 앞으로 할 일이 많아질 것 같아. 할 일을 할수록 생기는 일도 많겠지. 수도 없이 넘어질 수도 있어.

그런데 나는 온실 속 화초처럼 일이 진행됐으면 좋겠다? 타죽어 가도 상관없으니 온실 속 화초처럼 살게 해줘. 도둑놈 심보처럼 모든 일이 다 잘 되길 바라. 아, 그런데 말이야. 또 생각해 보자면 이미 나는 스트레스를 이만큼이나 받았는데 이제 와서 온실 속 화초가 되면 뭐해? 이미 벌레 먹은 화초인데 말이야. 그렇지만 이제라도 온실에 들어가서 보호받는 삶을 사는 게 좋을 것 같기도 하고. 내 마음을 나도 모르겠어. 그냥 나의 행보에 모두가 박수 쳐줬으면 좋겠어. 내가 잘했든 못했든….

:)

행복한 글을 쓰고 싶지만, 거짓말은 못 하겠어. 읽고 싶었던 책이 재미없는 것도 참을 수 없이 슬퍼지고, 내가 쓰는 에세이가 쓰레기같이 느껴져. 제목에 쓴 이모티콘이 행복해 보여서 오른쪽으로 고개를 꺾었어. 그래도 행복해 보이는 이모티콘이야. 그래, 제목이라도 행복해라.

언제까지 죽고 싶어 해야 하는 것일까? 어디서부터 잘못된 것일까? 나 정말 내일이라도 죽고 싶은데. 아니, 당장 지금이라도 죽고 싶은데. 세상은 너무 평온하고 다들 행복해 보여. 나는 세상 때문에 죽고 싶은데 세상은 날 신경도 쓰지 않아.

죽음에 대한 공포심이 본능이라면, 꼭 죽고 싶어지는 이상한 병이 만들어져야 했을까? 이런 기이한 병이 꼭 있어야만 하는 것일까?

푸른 하늘은 여섯 시가 되어서도

14시간은 잔 것 같아. 쉬는 날만 되면 잠을 이렇게 자. 월경 탓일지도 모르지만 잠이 몰려와. 잠이 왔다 간 자리는 어리둥절해서 아무런 것도 제정신으로 할 수 없어. 모든 것이 꿈같아. 입원했던 병원에서 그들을 만난 것도, 아직 연락하는 것도, 연락을 하지 않는 것도.

지금은 6시 13분. 아직도 밝아. 아직 수습할 수 있는 시간이겠지? 제발 그렇다고 해줘…. 아무나 괜찮다고 해줘. 아무한테도 연락이 안 오는 이유는, 뭘까. 누구든 나에게 뭐라고 말해줬으면 좋겠는데 핸드폰은 한없이 조용할 때의 기분 알아?

지금은 본가. 본가든 자취방이든 크기는 상관없고 누군가가 있느냐 없느냐가 중요한 것이었어. 그리고, 내일은 꼭 정신과에 가보도록 해야겠어. 새하얀 방에 사람을 가둬두면 미친다는데, 내 마음은 항상 하얀 방이었나 봐.

혼자라고 생각 말라고는 하지만

남는 것은 없어. 혼자일 뿐이야. 누군가는 남는 것이 친구라고, 혹은 가족이라고 했지만 말이야. 친구도 가족도 남지 않아. 죽음 앞에서는 혼자야. 어차피 나를 구원하는 것은 나 하나뿐이야.

그런데도 우리는 사람을 갈구해. 관계를 갈구하고 사랑을 갈구해. 남는 건 나 하나뿐인데, 왜 부질없는 짓이라고 치부하지 않을까? 자. 우리는 남는 것만 추구할 것이 아니야. 남는 것이 전부라면, 공수래공수거만 중요시한다면, 결국 허무주의에 빠질 거야. 우리가 어차피 죽을 때 남는 것은 나 하나인데 친구, 가족, 재산이 무슨 상관인가? 한다면 어떻게 될까?

혼자라고 생각 말라고는 하지만 우리의 끝은 혼자야. 그러나 끝나기 전까지는 혼자가 아니라는 뜻이 될 수도 있지. 그러니까 혼자라고 생각하지 말아야 하나? 모르겠다. 혼자라고 생각 안 할래 그냥!

100번은 졌어. 이번에는 무기력증이야. 나는 이 싸움에서 항상 지기 때문에 싸움을 피하는 것이 곧 이기는 것이야. 16시간을 연달아서 잤고, 입시학원 숙제는 쌓여있어. 그리고 오늘, 이 싸움에서 이기려고 해. 내일 낮 두시까지 내가 이 할 일 다 하고 만다.

우울증만큼 두려운 게 무기력증인 것 같아. 우울증은 뭐라도 배설해 냈는데, 무기력증은 그조차도 없어. 그냥 아무런 것도 존재하지 않아. 나는 지금 그래서 억지로 짜내는 중이야. 추가로 타온 약을 먹고 우울함은 가시고 무기력이 남았어. 멀쩡해 보이지만, 그저 게으른 것으로 보이지만, 나 정말 아무것도 하기가 싫어서 죽겠어. 불과 일주일 전까지만 해도 의욕에 불탔는데 이제 의욕이 없고 정신 사나워.

언제까지 이런 생활을 해야 하는 걸까? 우울증이 왔다가 조증이 왔다가 무기력증이 왔다가…. 다시 조로 돌아가고 싶어. 조 때문에 내가 지금 감당 안 되는 생활을 하고 있으면서도.

변화

하루하루가 똑같으면서 왜 이리 버거운지 모르겠어. 순간순간이 따분하면서 버거워. 지루한 수업을 듣고, 버거운 생활을 하고. 충분히 잤으면서도 더 자려고 해. 어디서부터 잘못됐는지는 몰라도 어디가 잘못됐는지는 알고 있어. 힘들 것 알면서도 굶기, 잠 못 잘 것 알면서도 커피 마시기, 수업 안 가기, 학원 숙제 쌩까기. 원고 작성 안 하고 자기. 그러면서 나는 고치지 않아. 그저 6월이 빨리 지나가길 바랄 뿐이야. 그럴 뿐이야. 5월도 마저 지나지 않았지만, 마음은 6월에 가 있어.

날씨가 참 좋아. 그리고 허전함을 느껴. 이것이 내가 말하고 싶었던 일상일까. 행복하고도 우울한 일상을 담은 책을 만들고 싶었는데, 이젠… 한계를 느끼는 것인지, 변화할 때를 알아버린 것인지! 매 순간은 내 선택으로 삶이 이루어지니 이번엔 제대로 된 선택을 해야 할 차례인가?

그만두고 싶은

그런 마음, 아무런 것도 즐겁지 않은 마음, 모든 게 싫은 마음, 다 귀찮은 마음, 잠만 자고 싶은 마음, 다 모아서 쓰레기통에 처박고 싶어라. 글은 써지지 않고, 막히고, 먹히고.

오늘은 정신병원에 입원할 뻔했어. 내 얼굴이 마음에 들지 않아서, 내 몸이 마음에 들지 않아서. 밥을 챙겨 먹지 않아. 밥을 먹지 않고 싶어. 계속 굶으라면 굶을 수 있을 것 같아. 외롭고 외로워서, 한없이 외로워서 이상해. 이상해서 이상한 짓을 해. 술 빨리 마시기. 이곳저곳 전화 걸기. 울고불고 하기. 차라리 내 강아지에게 전화를 걸 수 있었다면 이상한 짓을 덜 했을 텐데.

이불 속으로 훅 끼쳐오는 바람처럼, 우울은 그렇게 훅 끼쳐와. 수면제를 먹고 또다시 잠이 몰려와, 잠을 자. 자장자장….

네가 뭐라고

강아지 한 마리에 마음이 사르르 녹아. 어제는 있지, 갑자기 너무 슬픈 거야. 외롭기도 하고. 모두 충만해 보이는 감정이 나에게는 없다는 것을 알아버렸거든. 나는 남에 의탁하는 감정이 없으면 살기가 힘들어. 정말이야. 나는 누군가에게 의탁하지 않으면 마음이 텅 빈 것 같아. 그런데 어제 비를 맞으며 청승맞게 집에 들어왔는데 말이야. 강아지가 나한테 달려오더라고. 내가 뭐라고. 내가 뭐가 좋다고 막 달려오는 건지.

강아지가 나를 반기고, 나는 웃고, 행복했어. 애인이 있을 때, 애인이 반겨주는 것과는 다른 짜릿함이었어. 본가에 오면 그래. 조금이라도 행복해져. 자취방에 있을 때는 밥도 제대로 챙겨 먹지 않는데 말이야. 오늘은 가족들이 밥을 챙겨줘서 밥도 두 번이나 먹고. 잠은 너무 많이 자버렸지만, 옆에 강아지가 있어서 좋았어. 행복했어. 네가 언젠가 사라진대도, 지금 당장은 나를 위하는 너를 받아들일래. 너에게 나를 의탁할래.

책의 마무리를 지어가. 해피엔딩이 될 줄 알았는데, 이번에도 역시. 이렇게 되는구나. 네가 말했지. 네가 걸어온 길이기 때문에 나를 이해한다고, 그런데 나는 내 길이 네가 걸어간 길과 같다면 죽어버리고 싶어. 내가 갈 길은, 해피엔딩이 되길 바라. 그땐 이번에도, 역시 같은 말은 하지 않길 바라.

이제는 여기저기 연락하고 싶지 않아. 다 소진됐어. 내 마음이 다 소진됐어. 여기저기 나눠주고 다녔는데 돌아오는 마음은 없어. 나 자신에게 조금 미안해. 조금만 미안한 이유는 와닿을 만큼 미안하지는 않아서. 기분이 이상해. 권태로움의 끝자락에 온 것 같아. 우울함을 느끼는 것은, 너무도 당연해서 이제 잠이 오는 것처럼 우울이 와. 잠이 안 오는 데도 잠아 와라하는 것처럼 우울아 와라 이러고 있어. 너무 한심해.

나 너무 바보 같아. 글도 제대로 내보내지 못해.

다들 날 떠날 거면서, 왜 나를 떠난다고 말하지 않는 거야? 다들 날 버릴 거면서… 너무 외로워 동시에 내가 누군가에게 사랑받을 가치는 없다는 것을 느껴. 그러니까 외로울 수밖에 없는 거야 나는… 하품이 계속 나와. 나조차도 내가 귀찮은 거지. 지금도 이렇게 나 혼자

난리인데 아무에게도 연락이 오지 않아. 아무도 날 찾지 않아. 이제는 이 징징거리는 것도 그만두고 싶어. 다들 안녕.

사람들, 나의 우울

어제 해가 지기 전 나는 죽으려 했어. 한강 위에서 경찰에 붙잡혔어. 한강에서 죽기란 쉽지 않다는 것을 알면서도, 또다시. 한강은 빛났고 더러웠어. 으. 저위로 떨어지면 저 물을 마시겠지…라는 생각을 했어. 경찰은 불친절했고, 눈물도 나지 않았으며 억지웃음만이 나왔어. 내 짐들을 가지고 이렇게 저렇게 좀 더 대비 되게 찍으란 말이야 하며 사진을 찍어댈 때부터 어이없는 웃음이 나왔어. 그럴 힘으로 살라고 했을 때는 정말 웃음이 나더라.

사람들은 나의 우울에 관심이 없다. 이 한마디로 내 책은 덮어둘 수 있어. 하지만 본인의 우울을, 타인의 우울을 나에게 투영하려고 하겠지. 그렇게 비로소 내 마음을, 내 일상을 조금 이해하는 거야. 오로지 타인에 의해 나를 이해하는 거지. 이것도 나를 이해하는 것이라고 할 수 있나… 싶긴 해.

나는이라고 문장을 시작할 때마다 죽고 싶어라는 말이 자꾸 따라붙으려 해. 애써 떼어내고 다른 말을 이어가지만, 이런 말을 하지 않는다고 해서 죽고 싶지 않아지는 것은 아니야. 그동안의 잦은 입원으로도 죽고 싶음이 사라지지 않았던 것처럼 죽고 싶음은… 늘 나를 따라붙어. 오늘은 말줄임표가 잦아서 여운이 많이 남네. 말을 잇지 못하겠는 내 마음도 알아주길.

나죽고싶어되게예전부터그리고오늘행복했지만어제죽었으면좋았을거란생각은바뀌지않아그리고나한테관심좀줘아무도왜날찾지않아?왜내가찾아도답장하지않아?왜그렇게괜찮냐고말하는걸피해?내가이제죽지도않을거쇼하는거같나?내가장난같나?난항상진심으로죽고싶고괜찮지않았어그래서내가하고싶은말은그냥나한테관심을좀줘….

나에게

신분 상승

수험생 시절, 네일을 하러 가거나 머리를 하러 가면 학생이냐고 물어볼 때가 가장 불편했다. 그 사람들에게 잘못한 것도 없는데 풀이 죽고 기가 죽었다. 솔직하게 말했더니 네? 22살인데 대학 준비한다고요? 하고 대놓고 말하는 사람도 있었다. 그 후로는 휴학생이라며 거짓말을 하기로 했다. 그때고 지금이고 내 돈 내고 왜 이런 말을 들어야 하는가… 하는 의문이 든다.

간단히라도 매일 글을 쓰려 노력해야겠다는 생각이 들었다. 생산하고 싶고 잘하고 싶은 마음이다. 재수, 삼수, 사수하던 나와 다르다. 원래의 나로 돌아온 기분이다. 아닌가? 원래의 나는 삼수생 신분의 나일까? 아무래도 오랜 시간 우울해 왔다 보니 원래의 차분한 모습도 우울했던 모습으로 기억이 덮어 씌워져서… 차분한 모습의 신분 하강.

입시는 끝났지만, 아직도 그림에 대한 두려움이 없지 않다. 나의 과거 그림이 별로라고 생각하지는 않는다. 그러나 앞으로 나아갈, 걸어 나갈, 그 점, 선, 모아서 면들이 두렵다. 예전의 솜씨를 못 보일까 싶기도 하고, 남들보다 인체를 잘 그리지 못함이 속상하다. 취미로도 그림을 그리지 못하겠다. 그림의 신분 하강.

진료

소묘를 하게 되었다. 얼마 만인지도 모르겠고 알지도 못한다. 아침 일찍 일어나 머리를 감고 밥을 해 먹었다. 기뻤다. 내가 다 나았다고 느껴졌다. 이번에는 평범함보다 조금 더 박차고 일어난 나를 보았다.

어제는 블로그에 건질 것이 없나 하고 읽어봤다. 우울하고 찌질해서 읽어 내려가기가 힘들었다. 내 글이 편하게 읽히기 위해서, 괜찮을 때를 기록하기로 했다. 그리고 아무래도 괜찮지 않을 때만 글을 쓰는 습관이 있으면, 본래의 나를 우울증으로 묻어버릴 것 같아 신경 쓰이기도 했다. 『다섯 번째 유서』에서 "나 행복해"하는 글은 없는 건가라고 했던 구절이 있다. 내가 그런 글을 쓰고 싶다는 생각이 들었다. 우울증이 예술인의 고질병이라고 인정하고 싶지 않다.

나는 호전되었다. 그럼에도 정신병원이 그리울 때가 있었는데, 지금은 그마저도 생각이 들지 않는다. 병원에서 우울함이 전이되는 것도 싫어졌고, 대학병원에서 하염없이 대기하는 것도 하고 싶지 않아졌다. 의사 선생님을 만나는 일을 미뤄도 이상하게 아쉽지 않다. 나는 정이 많은 것인지, 경계선 인격장애 때문인지, 항상 보고 싶은 사람이 많았는데, 이번엔 의사 선생님이 보고 싶지 않다. 이대로 영영 보지 못해도 그리 아쉽지 않을 것 같다.

나는 별일 없이 산다

늦잠을 자고 일어나 밥을 먹었다. 본가에 와 있으니
일어나자마자 밥을 먹게 되었다. 밥을 잔뜩 먹으니 잠이
몰려왔다. 잠을 자다 깼을 때는 부모님이 마트에 가려던
참이었다. 잠깐 기다려! 하고는 후다닥 뛰어 같이 외출했다.
정말 다르다. 내가. 집에 꼭 붙어서 잠만 자려던 때는
가버렸다. 집에 있어도 지금처럼 글 쓰는 시간을 갖는다.
정말 신기한 변화다. 어쩌면 나는 원래 이런 사람인 걸까.
아니면 단순히 새로운 시작의 여파인 걸까?
　약을 끊고 싶다는 생각이 든다. 이제 우울증 소속이
아닌 내가 되어도 외롭지 않을 것이다. 우울함에 공감하되
전이되지 않을 자신이 생기고 있다. 오랜만에 의사
선생님을 만나면 이별을 준비하리. 어쩌면 이런 기분이 약
때문이라고 할지라도 일단의 나는 행복하다. 1년 전에는
장기하의 별일 없이 산다를 듣고 나는 언제쯤 저런 말을
할 수 있을까 싶었는데… 지금인 것 같다. 그 말을 할 때가
지금은 온 것 같다.

오랜만에 수면제

기침도 멎지 않고 옛 생각에 잠도 잘 오지 않을 것 같아 필요시 수면제를 먹었다. 죽겠다. 배는 고프고 잠은 안 오고 추억에 잠겨서, 아니 추악한 기억에 잠겨서는… 무언가 토해내겠단 듯이 기침이 쏟아져 나온다. 목소리가 잠겨서 나오지 않을 때는 언제고 기침이 잠기지 않아 죽겠다.

멋있는 글로 가득 찬 노래를 하루 종일 들으면서 감탄했다. 그런 글을 언젠가는 쓰리라 다짐했다. 그리고 절망 중이다. 나에게 남은 것이 없음을 깨닫는다. 앞으로 나는 어떻게 해야 하나. 조그마한 방이 오른쪽으로 기우뚱, 하는 느낌이 난다. 아니다. 기우뚱했다. 맞다. 수면제 먹었지? 수면제를 먹고 무언가 행동하는 것은 좋지 않다. 몽유병처럼 이상한 짓을 할지도 모른다. 그래도. 아직 그걸 알면서도 누군가에게 전화하려는 나. 그리고 받지 않을 상대와 받아줄 상대.

내가 무엇을 원하는지도 잘 모르겠다. 내가 습니다. 로 문장을 끝냈는지 하였다. 로 문장을 끝냈는지 알기가 힘들다. 내일은 아침부터 정신 차려서 학교에 가야 하는데. 지금 당장 내가 하품 한 번 했더니 여기가 어디? 아, 침대에 쓰러질 시간인가.

좋아한다, 안 좋아한다…

내가 그림을 좋아하는 건지 헷갈린다. 일단 나는 그림을 잘 안 그린다. 상업적으로 사용하기 위해서는 그림을 그리기는 하나, 한 점 그려놓고는 그 한 점을 쪼개고 더하고 고쳐서 여러 군데에 써먹는 식이다. 하지만 강의 시간에 그림을 그릴 때는 또 다르다. 내가 그 강의실에서 제일 잘 그리려 애쓴다. 내 포트폴리오에 써먹지도 못할 석고상을 그리려 아득바득 애쓴다. 그리고 집중한다. 인정하기 싫지만, 재미있다고 생각한다. 왜 인정하기 싫은지는 잘 모르겠다.

왜 그림이 싫은가 하고 들여다보자면, 제일 큰 이유로는 나는 그림으로 입시를 실패했다. 그러니까 그림에 상처가 있고, 그래서 나는 그림으로 성공하지 못했으니 외면해 버리자. 라는 심리가 담겨 있는 것이다. 그리고 입시 그림을 너무 오래 그렸어. 응, 응. 기어코 질려 버린 것이다.

그럼에도 그림을 사랑하긴 하는 것 같다는 걸 느낄 때는 내가 그린 그림을 바라보고 만족스러워 할 때. 아름다운 그림을 보고 감탄이 절로 나올 때. 그럴 때 그림이 너무 좋다고 생각한다. 잠시만! 그럼 나는 그림을 좋아하지만 두려움 때문에 펜을 잡는 횟수가 줄어든 사람이 되는 건가? 안쓰러워하진 말자. 자기연민은 우울을 불러와.

앞으로는 입시 그림에서 탈피하고 여러 가지를 시도해

봐야겠다. 두려워 말고 깨버리기. 이 글을 쓰면서 내가 그림을 두려워하되 즐거워한다는 것을 깨달았으니, 이제 행동에 적용할 차례다.

일 났다

이제 정신적으로도 신체적으로도 건강해져 버려서 글이 써지질 않는다. 앞으로의 나는 건강할 것이고 잘 지낼 것인데 이래선 안 된다. 자, 정신 차리고 인상 깊었던 일을 떠올려보자.

오늘은 정말 어린 강아지를 보았고, 줄넘기를 처음 배워보는 아이도 보았다. 귀여웠다. 볼 때는 마냥 귀여웠는데 왜 지금은 그에 비해 내가 후져 보이는지, 왜 이리 비루하고 더러워 보이는지, 알 수 없다.

조울증인 나는 지금이 정상치로 돌아가는 중인지 조의 단계에 있는지 알 수 없다. 한강에 가서 간식을 사 먹고 봄 주꾸미를 먹었다. 자극적인 기쁨이 아니라 행복을 느꼈다. 덤덤해 져가는지 더 나아가 덤덤해지는 건지는 알 수 없다.

인간관계와 농도

1년이 덜 되었던 관계를 떼어내어도 인간관계에 회의를 느끼지 않는다. 몇 년이 된 관계였든 회의를 느끼지 않을 것이다. 관계중독에 놓여 인간을 갈망할 것이고 그 속에서 방황할 것이다. 나는 그런 사람이다.

농도 짙은 관계였든 농도 옅은 관계였든 모두 인간관계이다. 두 개에는 큰 차이가 있는데도 같은 인간관계로 불린다. 왜일까, 아마 농도 옅은 관계에도 아픈 사람들이 있기 때문일까.

강렬한 관계 중독을 느낀다. 혼자 있을 때 아무것도 하지 못하고 있으면 공허하고 우울해져만 간다. 사람들 사이에서 정신없이 매달리고 매달림 당하고 휘리릭 지나가 버리고 싶어진다. 재미있는 일에 휘말리고 싶고 드라마의 주인공처럼 인간관계 속에서 허덕이길 바란다. 내가 힘들기를 바라는 마음은 어떤 마음인지 모르겠다.

캐모마일을 마시며

혼자인 것이 익숙하다 못해 당연했는데, 엊그제부터 너무나도 사무치게 외로워져서 버티기 힘들어졌다. 그래서 그녀가 아르바이트하는 카페로 와서 캐모마일을 마신다. 매장 이용인데도 불구하고 일회용 컵을 주셨다. 이런 것에 불편함을 표할 용기도, 기운도 없다.

저번에 말했듯이 목과 이가 아려와서 정신을 차리기 힘들다. 아니 그런 것이었으면 좋겠다. 내가 미련해서가 아니라 몸이 아프니 정신을 차리기 힘든 것이라고 알고 싶다. 뜬금없고 말도 안 되는 이유로 이성적인 선택을 정당화하려 하는 내가 미련하다. 이건 미련한 걸 알아버려서 늦었다.

금요일에 듣는 타이포그래피 수업은 기분이 좋다. 교수님께서 나에게 관심 가져주시는 것도 좋고 내 글의 레이아웃을 고쳐주신 것도 감사하다. 하지만 엊그제의 수업도 좋았는데도 불구하고 마음은 고쳐지지 않았다. 진정성 없이 수업에 참여하는 동기들 때문일까. 그걸 바라보는 비뚤어진 내 마음 때문일까.

배가 고프다. 그래도 이렇게 본능에 충실해 버리면 이런 마음도 참을 만해진다. 우울할 땐 제외, 우울하면 아무것도 할 수 없어서 밥도 제대로 못 먹고 더 나빠진다. 더러운 기분만이 어떻게 해볼 수 있는 모양이다.

캐모마일을 채 마시지 못한 채 글을 끝내려 한다. 캐모마일을 마신 이유는, 캐모마일을 많이 마셨던 때를 잊지 못해서가 아니야. 그저 캐모마일을 좋아할 뿐.

치아교정

우울증에 허우적댈 때였는데도 교정을 결심해 놓았다. 무슨 생각이었을까. 그런 마음으로 입원하고 교정을 버티는 마음은 어떤 마음일까. 예쁜 치아로 죽어버리겠다는 생각이었을까.

생각보다 교정은 힘이 든다. 그리고 지금은 이렇게 얻을 치아를 오래오래 써야겠다는 생각한다. 조가 끝나고 다시 울이 오면 이런 생각이 덧없어질지도 모른다. 그러나 덧없는 생각이라도 의미 있다고 생각한다.

그리고 지금 와서는, 조가 끝나감을 느낀다. 울이 오고 있음을 느낀다. 그러나 자극적인 요소를 추구하지 않는다. 할 일을 한다. 덧없는 생각에 의미가 있었다는 것을 느낀다.

수능 중독

편입학원에 상담을 갔다 왔다. 나는 지금 대학교 1학년인데, 보통 2학년 때부터 편입 준비를 한다고 했다. 편입 준비는 정말 까다롭고 복잡했다. 뽑는 인원도 1~2명인데 아예 뽑지 않는 경우도 생각해야 했다. 그래서 나는 이번 연도에 수능을 다시 볼 결심을 했다.

책날개에 쓰여있던 '수능 중독에서 벗어 난지 1년 차'를 '수능 중독'으로 고쳤다. 나도 안다. 수능 중독인 것을, 입시에 미쳐있다는 것을. 그래도 대학 콤플렉스를 해결할 수 있다면 중독이어도 좋다. 왜 자꾸 스스로를 괴롭히려는 건지 모르겠지만서도 좋은 대학에 갈 수만 있다면… 하는 생각이 든다.

하지만 어쩌면 이번 주에 병원에서 진료받고 나서 다시 입시생이 아닌 대학생 신분으로 바뀔지도 모른다. 학벌에 미쳐있는 것은 좋은 것은 아니니깐. 그렇지만 확실한 건 내가 학벌에 미친 듯이 매달리고 있는 것을 진료 몇 번으로 바로잡을 수 없다는 것이다.

수능에 관해 다시 생각해 보고 입시전형을 알아보느라 하루를 다 썼다. 그래서 그런지 글을 쓰는 데도 머릿속이 벙벙하다. 음. 그만 글을 끝내고 책을 읽으며 쉬어야겠다.

수습의 분실

어제는 지갑을 잃어버렸다. 지갑을 잃어버렸는데 죄책감이 들었다. 내 업보가 지갑 분실로 돌아온 것 같아서 마음이 아렸다. 친구에게 이 말을 했더니 내가 업보라고 주장했던 '남 싫어하기'가 정당했기 때문에 괜찮다고, 그리고 만약 자기가 신이라면 벌로 지갑 분실 같은 일은 안 할 것이라고 했다.

그리고 오늘, 아침에 갑자기 목소리가 나오지 않았다. 벌받은 것 같았다. 그것뿐만이 아니었다. 지갑을 잃어버렸기 때문에 학생증 카드밖에 없었는데, 그 카드에 교통비 충전이 안 되어 있어 집에 다시 다녀오고, 다시 현관문을 열어두고 온 것 같은 착각이 들어 집에 돌아갔다 오느라 수업에 지각하고 말았다. 완전히 말려 들어간 하루 같았다.

그런데, 지갑이 돌아왔다. 아침에 들었던 동기의 조언으로 분실물 사이트를 찾아보자 바로 내 지갑을 찾을 수 있었다. 내가 어제부터 쩔쩔매던 것이 한순간에 풀린 것이다. 정신을 차리고 지갑부터 찾으러 간 뒤에 바로 병원으로 향했다. 목을 고치기 위해서였다.

나는 그동안, 그러니까 대략 고등학생 때부터 불과 몇 주 전까지 수습하기에 지쳐 삶에 끌려다녔다. 끌리다 못해

바닥에 뒹굴기도 했다. 수습하기를 포기하고 끌려다녔으니 건강할 수 없었다. 그런데 지금은 다르다. 비록 이상한 데에 의미 부여를 하며 휘둘리기는 해도 내가 나를 수습해 주고 챙겨주고 아껴주고 응원해 주고 있다. 어쨌든 학교에 갔고, 어쨌든 지갑을 찾으려 했고, 어쨌든 병원에 갔다 왔다. 이게 조증이라도 내가 무너졌을 때 이날을 생각하며 다시 나를 아끼겠다고 생각했다. 그리고 그럴 것이다.

영원과 평생

사랑했던 것을 잃었을 때는 그랬다. 영원한 것은 없다고.
조울증이 낫지 않아 고통받았을 때, 내가 경계선
인격장애인 것을 알았을 때는 그랬다. 평생이란 게 있었지.
영원을 경험할 수 없는 인간으로 태어났다면, 평생이 곧
영원으로 느껴진다는 것이다. 내가 생각하기에는 그렇다.
평생이 영원이구나.

내가 사랑했던 것이 쉽게 사라져 버렸을 때는 '영원한
건 절대 없어'라는 말이 떠올라 짜증이 일었다. 영원한
것은 왜 없어서 나를 이렇게 슬프게 만들지? 영원한 것도
하나쯤은 있어야 하는 것 아닌가? 내가 사랑하는 것을
왜 떠나보내야만 하는 거야? 하고 비탄했다. 그리고,
내가 우울 속에서 '평생' 헤맬 수도 있겠다는 것을 깨달은
순간, 통탄했다. 우울 속에는 평생 있을 수 있는데, 내가
사랑했던 것과는 영원을 바란 것도 아니고 고작 죽을
때까지만인데도 함께할 수 없다고? 인생은 왜 이런 거야?

진정하고, 일단 평생 조울증에 시달릴 거라는 보장은
없다. 그건 확실하다. 하지만 사랑하는 것들은 왜
변하는 걸까. 다음번에 또 사랑하는 것을 만나면 영원할
거라고 아니, 평생 갈 거로 생각하려나? 그럴 에너지를
모아두어야겠다고 생각한다. 아, 이 글이 너무나 나를

아프게 하는 건지 따뜻한 물만 마셨는데도 맥주를 마신 것 같은 기분이 든다. 언젠가는 영원은 없지만 평생이 있다는 사실이 위로되길.

다 녹은 빙수

차가운 노트북이 무릎 위에 올라왔다. 그 무릎에는 언젠가 따끈한 강아지가 올라왔었지만 그것도 모르고 차갑고 딱딱한 노트북. 촌스러운 발라드가 끝나고 나서야, 그제야 서정적인 노래가 흘러나오고, 다시 원래 그랬던 듯이 촌스러운 노래가 흐른다.

오늘은 강의 시간에 발표를 두 번 했고, 발표 전 약을 세 번 먹었다. 발표 칭찬을 받아도 얼떨떨하다. 어제저녁, 치과에 갈 때만 해도 난 망한 인생이라고 생각했다. 앞으로가 망했다는 것은 아니고 그 전의 삶이 망해있었기 때문이다. 그리고 지금, 앞으로의 삶을 개척해 나갈 수도 있겠다고 생각했다. 쓸데없는 없는 글이라고 생각되어도 쓰지 않는 것보다는 나은 내가 되겠구나 했다.

자취방 근처에서 음식을 포장할 때 다회용기를 쓰곤 한다. 장을 볼 때는 장바구니를 사용하고, 학교에서는 종이 타월 대신 손수건, 종이컵 대신 텀블러를 사용한다. 이 행동이 나에게는 중요하다. 단순히 환경을 지키겠다는 의미가 아니다. 나의 가치를 올리는 일이다. 그저 도덕적 우월감만을 느끼기 위함이라도 이 행동을 계속하겠다. 나의 신념을 지키는 일을 하는 것은 소속집단에 소속감을 느끼지 못하는 나에게는 중요하기 때문이다. 줏대 없이

흔들릴 수밖에 없는 신분인 나는, 줏대를 찾기 위해
제로웨이스트를 실천하기로 한 것으로 보인다.

차가운 빙수가 다 녹아 물이 되었다. 그 빙수 그릇은
언젠가 뜨거운 물로 세척이 되었겠지. 그럼에도 불구하고
넌 빙수 그릇이다.

우울에서 바늘찾기

우울에서 자극 점을 찾아 탈출해 보자. 이번에 나는 새로운 환경이라는 바늘로 탈출을 시도하고 있다. 내가 잘하는 것을 다시 해봄으로써 내가 잘 한다는 것을 상기하겠다. 내일은 기초드로잉 수업의 중간고사 시험 날이다. 시험의 주제는 내가 잘하는 소묘, 이미 까맣게 잊어버렸대도 그 정도의 기초 도형은 식은 죽 먹기일 것이다. 이러한 시도를 할 수 있는 새로운 환경에 감사하다.

지금의, 앞으로의 정상적인 삶을 조 취급하지 않겠다. 내가 정상범위로 돌아가고 있음을 느끼자. 의사 선생님의 말씀을 믿고 이것이 조가 아닌 원래의 나였음을 받아들이자. 잠깐, 원래의 나? 익숙하지 않은 내 상태라 원래라는 말이 이상하다. 그러니까 병이 없었다면 이랬을 나. 과거의 나를 원래의 나로 보지 말자. 그래, 그러면 원래라는 말이 이상하지 않지.

지금까지 올 수 있었던 자극 점을 알아보자. 이건 나의 우울함이 완화된 후의 경우이니, 우울증에 시달린다면 왜 난 이렇게 기운 낼 수 없지? 라고, 생각할 필요는 없다. 일단 요즘에는 맛있는 음식을 향유하고 싶다. 식욕도 없던 시기와 달리 자극 점이 생긴 것이다. 나는 식욕이라는 바늘을 찾아냈다. 바늘을 찾았으니 터트릴 풍선에 갔다 대기만 하면 된다. 물론 용기가 필요하겠지만. 음식을 먹으러 나가거나, 음식을 시켜 먹고 치우는 용기를 낸다. 활동적으로 굴기 시작한다. 그러면, 펑.

수박 속 핥기

수박의 겉을 핥는 행위는 별 소득 없는 행위이니, 달콤한 속만 핥아보자. 수박은 가운데로 갈수록 달다. 최대한 수박의 가운데로 가서 과즙을 핥아 먹어 보자.

5시에 눈을 떴다. 일어난 김에 『다섯 번째 유서』의 2쇄본을 수정했다. 발표하기 전 먹을 약들도 챙겼다. 미리 인쇄해 둔 과제와 소묘도구도 챙겼다. 순조롭게 진행된 나의 속일과 후루룩 지나가 버린 남의 겉일. 남의 겉일을 조금 핥아주고는 속일을 즐겼다.

과즙을 조금 맛보았으니 이제 깨물어 볼 시간. 아빠의 생신을 서프라이즈로 축하해드리려 했다. 아빠에게는 자취방에 며칠 더 있다가 온다고 말하고, 본가로 내려와 버렸다. 마침 홀케이크가 남아있던 제과점에서 케이크도 사 왔다. 역시 남의 생일을 챙겨주는 일은 재미있었다.

요즘에는 수박도 다 깎아서 속만 팔던데, 수박 겉핥기를 할 필요가 있나 싶다. 수박의 달콤한 곳만 맛보았으면 좋겠다. 달콤한 부분, 행복만을.

Hug and candy

그녀를 만난 건 친구를 기다리던 중이었다. 전화를 하면서 나에게 용건이 있는 듯이 천천히 그리고 응시하며 다가왔다. 70대로 보이던 그녀가 답답해하는 것이 이어폰을 낀 나에게도 느껴졌다. 이어폰을 빼자, 그녀가 말을 걸어왔다.

사연은 그랬다. 아들이 은행 ARS 요청을 보내서 그녀가 걸려 오는 전화에 인증 번호를 입력해야 하는데, 휴대전화를 다루기 쉽지 않았던 것이다. 나는 ARS를 자주 사용해 봤기 때문에 단박에 캐치하고 그녀를 도와드렸다. 그녀는 휴대전화를 붙들고 30분 동안 고생했다며 내게 고맙다고 말씀하셨다. 그러고는 나를 안아주고 사탕을 세 개 쥐여주었다. 아들이 휴대전화를 못 다룬다고 구박했다고 말하면서.

그날 나는 통장 사본이 필요했다. 본가에 통장이 있어서 엄마에게 그것을 부탁드렸다. 스캔할 줄 모르시기 때문에 사진을 부탁드렸고 평소라면 "이제 됐어."라고 대답했겠지만 고맙다고 말했다.

내일은 어버이날이다. 돈이 부족하지만, 잘 사드리지 않던 카네이션을 사 가려 한다. 그리고 안아드리고 싶다. 내가 받은 그 고마움의 허그를 전해드리고 싶어서.

고3 시절 블로그

고시원에서 정시 특강을 하고 있다. 그리고 어제 시험을 말아먹었다. 그림을 그리고 오면, 떨어지겠구나! 하는 생각보다 그래도 붙을 수도 있지 않을까? 하는 생각의 반복이 더 힘든 것 같다. 그러다 불합격 페이지를 보게 될 것이 너무 싫다. 수시 발표가 수능 이후에 나오는 것도 싫었고 수시합격은 정시 지원조차 되지 않다니 더 수시지원이 싫었기도 했다. 미친 듯이 해도 붙을까 말까인데 당연한 결과였다. 그래서 슬프지도 않았다. 그냥 발표날이 엄마 생신이어서…ㅋㅋ. 조금 찜찜했다.

나는 수능을 망쳤다. 원래 자기 등급에서 1~2등급 내려간다고는 하지만 그건 수능에서 망한 게 맞고 그냥 긴장으로 망한 사람이 많다는 뜻이다. 하지만 등급마다 사람 수는 정해져 있으니, 누군가는 수능 대박이겠지. 평소에도 긴장하고 다니는 나는 수능 날 엄청나게 떨었다. 10월 모의고사 때도 떨었는데 수능 날 안 떠는 게 말이 안 되는 거다. 수능 날 달랐던 건 심장이 뛰면서 자각한 상태의 긴장이 아니라 나도 모르게 초긴장 상태였던 것. 난 오자마자 친구들을 만나서 긴장이 풀린 줄 알았다. 그래서 청심환 한 병 먹어야 할 걸 졸릴까 봐 반병 먹었다. 몸은 긴장해 있었는데… 어쩌면 내년에 한 번 더 할지도 모른다.

끝나고 절대 두 번 못 하겠다고 생각했지만, 난 대학 말고 갈 데도 할 것도 없다. 그리고 다음 연도에는 비실기로 가고 싶다. 진심으로… 입시 미술 때문에 미칠 것 같다. 나는 정말 애매한 입시생이다.

고시원은 정말 정말 좁다. 그래도 학원 식사 시간에 내 공간에 올 수 있다는 거에 만족한다. 생각보다 깨끗하기도 하다. 부엌은 좀 별로지만. 고시원에서 먹을 만한 게 없는 것 같다. 그냥 요즘 아무것도 하고 싶지 않은 탓도 있다. 원래 입시 막바지에 열정적이어야 하는데 너무 일찍 태워버린 게 잘못인가 싶다. 그때 버텼던 내가 신기하고 부럽다. 지금은 당장 내일 시험이래도 내가 귀찮으면 하기 싫고 그렇다. 제발 제발 취준생이 되었을 때도 이러지 않기를 바란다. 무기력증이라도 아무것도 안 하는 것이 좋다고 생각하진 않는다. 아무것도 못 해서 아무것도 못 하겠고 아무것도 안 해서 아무것도 못 하는 사람이 되는 것이다. 아무것도 안 하면서 열심히 사는 것보다 고통스러워한다. 쓰레기 같은 증상이다.

한 번 더

어제는 좌절에 휩싸여 어쩔 줄 모르는 하루였다. 오늘은 어떤가 하면 정신과를 찾아갈 정도는 아닌? 지금도 그 여파로 글이 떠듬떠듬 나오기는 하나 죽고 싶지는 않은 것 같다. 아마도?

새벽에 TV에서 좋아하는 드라마를 몰아서 틀어주길래 보고 있었는데, 주인공이 죽고 싶어도 하루만 더 살아달라는 말을 했다. 기분이… 묘했다. 나한테 한 말은 아니면서도 괜히 찔려서는, 그러고는 졸려서 그냥 자버렸다. 아침에 정신과에 가려 맞춰둔 알람도 다 무시하고 자버렸다. 고3 시절도, 재수 시절도, 3수 시절도, 그 후 수많은 시절도, 다 이렇게 지나왔겠다. 버틴 날이라고도 할 수 있고 병을 덮어 키운 날이라고도 할 수 있겠다. 살았으니 다행이야라고 말할 수 있겠고, 이렇게 살게 되다니라고 말할 수도 있겠다.

잘 생각해

너는 죽을 이유가 없다. 그렇다고 살 이유를 찾지는 말아라. 너는 경계선인격장애와 양극성정동장애를 가졌다. 당연히 누군가와의 이별에 더욱이 익숙하지 못할 것이다. 그렇다고 주저앉지 말아라. 그렇기 때문에 더 힘든 것이구나 하고 생각할 줄 알면 된 것이다.

앞으로의 작은 목표들을 생각하고 나아가자. 오늘처럼 명동에 가서 캐리커처를 받고 맛있는 음식을 구경하자. 그리고 가족들을 사랑함을 인정하자. 죽고 싶지 않음과 그렇게 살고 싶은 것도 아님을 받아들이자. 좀 오래되었지만, 원래의 나는, 삶에 대해 크게 생각하지 않고 살아왔을 것이다. 잘 생각하고, 잘 살자. 살자 하지 말고, 살자.

디저트의 디저트

우울 파르페의 디저트입니다.

파르페는 맛있게 드셨나요? 우울 파르페에 다양한 재료를 넣고 싶어서 어체도 세 개로 써보고, 주제도 다양하게 해보았습니다. 재미있게 드셨다면 만족스럽겠습니다.

책을 쓰면 다양하고 많은 생각을 하게 되는 게 좋습니다. 독자분들도 읽으면서 공감하고 풀이하고 반박해 보는 시간을 가져보셨으면 좋겠습니다.

이제 고마운 사람에게 인사를 좀 해보겠습니다. 채현아 도희야 그리고 가족들아 고마워. 뭐가 고맙냐면, 책을 내는 데에 탄탄한 지반이 되어준 게 고마워. 내 마음에 여유를 채워준 게 고마워.

모든 약에 관한 후기는 개인 차가 있으므로 약 이름은 밝히지 않았습니다.

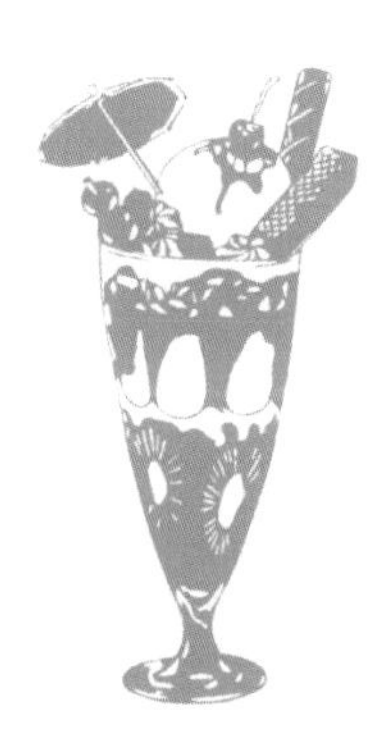

우울파르페

초판 1쇄 2024년 6월 19일

글 여연경

디자인 여연경

편집 여연경

표지 여연경

이메일 sfy8888@naver.com

발행처 인디펍
발행인 민승원
출판등록 2019년 01월 28일 제2019-8호
전자우편 cs@indiepub.kr
대표전화 070-8848-8004
팩스 0303-3444-7982

정가 14,000원
ISBN 979-11-6756552-5 (03810)